Gute Geschichten bessern die Welt.

Isabella Bravo

Menschenkinder

story.one – Life is a story

1. Auflage 2022
© Isabella Bravo

Herstellung, Gestaltung und Konzeption:
Verlag story.one publishing - www.story.one
Eine Marke der Storylution GmbH

Alle Rechte vorbehalten, insbesondere das des öffentlichen Vortrags, der Übertragung durch Rundfunk und Fernsehen sowie Übersetzung, auch einzelner Teile. Kein Teil des Werkes darf in irgendeiner Form (durch Fotografie, Mikrofilm oder andere Verfahren) ohne schriftliche Genehmigung des Copyright-Inhabers reproduziert oder unter Verwendung elektronischer Systeme verarbeitet, vervielfältigt oder verbreitet werden. Sämtliche Angaben in diesem Werk erfolgen trotz sorgfältiger Bearbeitung ohne Gewähr. Eine Haftung der Autoren bzw. Herausgeber und des Verlages ist ausgeschlossen.

Gesetzt aus Crimson Text und Lato.
© Fotos: Cover: Mike U; Foto der Autorin: Debra Tchotchov

Printed in the European Union.

ISBN: 978-3-7108-1773-1

Die meisten Menschen legen ihre Kindheit ab wie einen alten Hut. Sie vergessen sie wie eine Telefonnummer, die nicht mehr gilt. Früher waren sie Kinder, dann wurden sie Erwachsene, aber was sind sie nun? Nur wer erwachsen wird und ein Kind bleibt, ist ein Mensch. — Erich Kästner

INHALT

Aller Anfang	9
Die Geschichte von der Sonne	13
Die Frau, die fliegen wollte	17
II	21
III	25
IV	29
V	33
VI	37
VII	41
VIII	45
IX	49
Gedichte	53

Aller Anfang

Wann hören wir eigentlich auf Kinder zu sein?

Ist das eine Entscheidung, die wir selbst treffen oder kaufen wir dem Außen einfach ab, dass wir mit 18 er-wachsen sind?

Ich erinnere mich noch gut an eine meiner ersten Lesungen. Wir saßen im Backstage-Bereich und unterhielten uns über unseren Schreibprozess, Inspirationen und das ganze Drumherum. Ich erwähnte "Momo" von Michael Ende und wie genial ich die Geschichte finde. Eine Kollegin erwiderte: „Dafür schreibe ich aber nicht, damit ich dann Kindergschichtn mach!" Oder so etwas in der Art.

Das traf mich; genauso wie es mich trifft, wenn Menschen behaupten, dass Erwachsene, die Disney-Filme mögen, infantil seien. Und wenn schon. Wer bestimmt welche Literatur, welche Filme, welche Inhalte für Kinder sind und welche für Erwachsene? Und wieso räumen wir diesem „Wer" so viel Autorität ein, wenn wir doch alle tief in uns ein verspieltes, neugieriges, verletzliches und wunderbar lebendiges Kind beherbergen?

Wir haben die Wahl: Wir können es abwerten und klein machen, leugnen und verschmähen, dieses innere Kind. Oder aber wir erfreuen uns an ihm und treiben es bunt und wild und frei. Wir können diesem wundersamen Kind Raum machen und dadurch spüren, dass wir am Leben sind.

Ich habe dieses Kind viel zu oft eingesperrt, weggepackt, ruhiggestellt, weil ich dachte, ich muss jetzt seriös, erwachsen und verantwortungsbewusst sein. Das Lustige ist aber, je älter ich werde, desto mehr merke ich, dieses Kind trägt viel Weisheit, Freude und nahezu alles, was ich zum Leben brauche, in sich.

Also wähle ich: Ich schaue gerne "Pocahontas", um mich zu erinnern, mit dem Herz zu lauschen und ich blättere durch "Das kleine Ich bin ich", wenn ich vergesse, dass ich einzigartig bin. Und ich komme immer wieder zu "Momo" zurück, in eine Welt, die sich nach Zuhause anfühlt, wenn ich drohe, unter dem Leistungsanspruch und dem Funktionieren zu zerbrechen.

Ich danke dem wunderbaren Michael Ende für diese magische Erzählung, die er uns geschenkt hat und bin der festen Überzeugung, dass diese Geschichte komplex, zeitlos und unglaublich weise ist. Sie hat kein Ablaufdatum und bestimmt keine Altersbeschränkung.

Ich widme dieses Buch, voller großer kleiner Geschichten, allen Kindern von 0-100+, denn ich finde, jeder Text, der unser inneres Kind inspiriert, neugierig macht, erfreut und berührt, ist es wert gelesen zu werden. Zu manchen Storys gibt es eine Aktivität, um euer inneres Kind so richtig hochleben zu lassen. Ihr könnt malen, schreiben, kritzeln, fühlen, singen, horchen, tanzen: Alles ist erlaubt.

Ein großes Danke an all meine Freund*innen, meine Familie und meinen Partner, der mich immer wieder daran erinnert, wie wunderschön und zauberhaft mein inneres Kind ist — danke, dass ihr mich unterstützt. Ein besonderes Danke geht an meinen Neffen Lorenz, der mir zeigt, dass Kinder Zugang zu einer Intelligenz besitzen, die weit über unseren begrenzten Verstand hinausgeht. DANKE. Ich liebe euch.

Die Geschichte von der Sonne

Als ich ein kleines Mädchen war, sandte ich meine Liebe aus über alle Dörfer, Städte und Länder. Ich stellte mir vor, die Welt werde eingehüllt, in all ihren Farben. Alle Bewohner dieser Erde würden von ihr gewärmt wie von einem samtweichen Wintermantel im Dezember oder einem Kakao mit gemahlenem Chili oben drauf.

Als ich ein Mädchen war, sang ich mit den Vögeln, tanzte mit den Schmetterlingen und sprach zu Gott, wann immer ich traurig war oder mich ungeliebt fühlte. Und ich spürte — ich bin Teil dieser Welt, ich bin richtig, geliebt und gewollt hier.

Ich glaubte an Gott, an E.T. und an Wunder. Ich brauchte keine Beweise und sah den Verstand mehr als Mittel zum Zweck und nicht als der Weisheit letzter Schluss. Ich konnte staunen und Einssein. Ganz einfach, weil es in meiner Natur lag.

Als ich ein großes Mädchen war, spielte ich

unter der Sonne und erzählte ihr gerne von meinem Tag. Manchmal war ich einsam, doch die Sonne tröstete mich und sagte: „Du bist nicht alleine, ich bin immer bei dir"

Ich schüttelte ungläubig den Kopf. „In der Nacht, wenn ich Angst habe, die Monster in der Dunkelheit sehe oder schlecht schlafe, dann bist du nicht bei mir. Du bist einfach weg!", entgegnete ich ihr.

Die Sonne lächelte mich mild an. „Nein, bin ich nicht. Der Mond spiegelt mein Licht und genauso spiegelt sich mein Licht in dir. Nur, weil es einmal dunkel oder wolkig ist, heißt das nicht, dass ich nicht da bin. Vergiss das nie."

Als ich eine Frau war, liebte, weinte, zweifelte und lachte ich unter meiner Sonne zu jeder Tages- und Nachtzeit. Manchmal fühlte ich mich mir selbst und den anderen fremd und es wurde kalt in mir. Gott war ein Fremdwort für mich geworden und ich belächelte die Gläubigen als unreflektierte und einfältige Mitmenschen.

Doch dann hörte ich die Sonne flüstern: „Vergiss nicht, ich bin immer da." Ich erinnerte mich und spürte sie in mich hineinscheinen, so wie in den Mond am Himmelszelt.

Was, wenn es mit Gott genauso war?

Die Frau, die fliegen wollte

Erna Lenni war keine „normale" Frau.

Zumindest erzählten sich das die Leute an den Stammtischen, beim Abendessen mit ihren Familien, beim Kaffeekränzchen mit den Nachbarn.

Sie ging keiner „normalen" Arbeit nach. Sie verdiente sich hier und da Geld mit Weissagungen, natürlichen Kosmetika, die sie selbst in ihrem verwahrlosten Haus aus Kräutern und Blumen aus ihrem „verlotterten" Garten braute, und mit den alten Liedern der Ahnen, die sie gerne am Stadtplatz sang.

Obwohl die Leute sie mieden, und, wenn sie sie sahen, einen großen Bogen um sie machten, hörten sie gerne ihren lockenden Gesängen zu. Kaum jemand blieb länger stehen — man wollte ja nicht mit der „schrägen Erna" in Verbindung gebracht werden — aber alle von ihnen waren doch innerlich gerührt von ihren Weisen.

Erna Lenni kümmerte die Meinung der anderen nicht. Genauso wenig wie sie das Wort „normal", „anständig" oder „gut" beeindruckte. Sie wusste, dass das alles nur Ansichten waren, die wenig — ja, vielleicht sogar gar nichts — mit der Wahrheit zu tun hatten.

Sie amüsierte sich oft köstlich, wenn jemand am Stadtplatz auf sie zukam und ihr erklärte, dass sie doch ein Gesangsstudium machen und sich als Sängerin professionalisieren solle. Einfach so in den Tag hineinleben, habe doch keine Zukunft. Und überhaupt, so ganz allein in einem sanierungsbedürftigen Haus leben, das war doch nicht gescheit.

Was die Leute nicht begriffen war, dass Erna Lenni nicht leben wollte wie „man" lebt. Sie wählte, aus ihrem Herzen heraus zu leben, denn alles andere wäre eine Lüge. Wieso ein Leben führen, dass ihr nicht entspräche?

Sie liebte das alte, schrumpelige Haus und die wunderbare Wildheit und Natürlichkeit ihres Gartens. Nie wollte sie ihre Kräutermedizin, ihre Musik und ihre Freiheit gegen etwas „Gescheites" eintauschen.

Das Gescheite für sie war, ein Leben nach ihrem eigenen Maß zu führen und ihren Träumen zu folgen. Immer.

II

Im Träumen war Erna Lenni ganz besonders begabt. So wie manche Menschen gut im Turmspringen, Rechnen, Kochen oder Balancieren waren, so gut war Erna im Träumen.

Sie konnte alle möglichen Varianten: Tagträume, Klarträume, Schwarz-Weiß-Träume, manchmal auch Albträume. Aber ihre absolute Spezialität waren farbenfrohe und detailreiche Träume vom Fliegen.

In der Nacht träumte sie davon, dass ihr goldene Flügel wuchsen. Sie flog über Prärien und über die Rocky Mountains, nach New England, Kanada und Alaska. Ein anderes Mal besuchte sie die Anden und landete, um flauschige Alpakas zu streicheln.

Am liebsten reiste sie nach Sansibar, um sich im glasklaren Wasser des Meeres zu spiegeln oder in den Norden, um die magischen Lichter im Himmel ganz aus der Nähe zu sehen.

Jedes Mal, wenn sie aufwachte, war Erna

dankbar einen neuen Ort in ihren nächtlichen Abenteuern entdeckt zu haben, doch an jenem Morgen war ihr das nicht mehr genug.

Erna Lenni beschloss sich echte Flügel zu bauen — sie würde fliegen, ganz in echt und wer Erna kannte, wusste, dass sie von ihren Ideen nicht abzubringen war.

Also studierte Erna die Vögel minutiös und jeden Tag. Störche, Spatzen, Rotkehlchen, Meisen, Falken, Zaunkönige und Buntspechte — alle zeichnete sie ... vor allem die Anatomie der Flügel hatte es ihr angetan.

Dazu beobachtete Erna das Spiel der Vögel mit dem Wind und wie sie sich nach ihrem Aufschwung scheinbar tragen lassen konnten. Das wollte sie auch. Frei sein, wie ein Vogel im Wind.

Tage, Monate und Jahre zogen ins Land und Erna hatte alles probiert. Sie hatte Flügel nachgebaut, die sie sich umschnallte, die perfekten Wetterbedingungen abgewartet, vom Hügel Anlauf genommen und eine 8 mit ihnen beschrieben — doch sie blieb nie lange in der Luft.

Sie konnte zwar kurz schweben, was für jemand anderen sicherlich ein Erfolg gewesen wäre, doch wie sollte sie so nach Sansibar oder zu den Nordlichtern kommen?

III

Der Winter war ausgezogen und Erna versuchte keine Gedanken mehr ans Fliegen zu verlieren. Aber in ihren Träumen holte sie die Sehnsucht nach ihren Abenteuern wieder ein.

Dieses Mal trugen ihre Flügel sie über die Wüste Gobi, den Himalaya bis hin zum Amazonas in den sagenumwobenen Regenwald. Sie landete sanft auf der tiefschwarzen Erde, die die Einheimischen Terra Preta nannten, und bahnte sich ihren Weg durch das Dickicht des Dschungels. Nach einiger Zeit fiel ihr eine alte Hütte auf. Davor saß eine Frau mit silbergrauen Haaren und lianengrünen Augen. Ihr Gesicht war rot bemalt und sie war dabei einen Fisch über dem Feuer zu grillen. Sie war sichtlich erschrocken als sie Erna bemerkte.

„Was willst du hier?", fragte die Frau. „Ich bin hier vorbeigeflogen. Ich bin nur auf Besuch", beschwichtigte Erna sie. „Du bist nicht gekommen, um den Wald zu stören?" „Keineswegs. Ich fliege bald weiter." „Aber du kannst doch gar nicht fliegen", sagte die Frau. Sichtlich verwirrt, griff Erna nach ihren Flügeln, doch sie waren nicht mehr da. „Wenn du wirklich fliegen willst, dann geh' hin zum Baum des Lebens. Wenn du würdig bist, wird er dir helfen."

Erna schrak von ihrem Traum auf. Sie war schweißgebadet. „Der Baum des Lebens?" Irgendwo hatte sie davon schon einmal gehört oder gelesen, aber das war doch bloß ein Märchen, oder?

*

Durchs tiefe Tal

Vorbei am Berg der Weisen

Musst du gehen

Dann wirst du schwimmen

Im See der Unendlichkeit

Und querst du ihn endlich so

Geh hin durch den Wald der Wahrheit

Dort wirst du ihn finden,

Wenn du würdig bist

Im Glanze des Morgens

Er wird sich dir offenbaren

Wenn du denn würdig bist

Da stand es geschrieben, im Buch der alten Weisen der Ahnen. Dort hatte sie schon davon gelesen, vom Baum des Lebens. Aber welches Tal? Es gab hier einige in der Gegend. Auch Seen gab es mehrere und Wälder sowieso. Erna war ratlos. Doch dann fiel ihr ein, dass die Forlonettis etwas darüber wissen könnten.

IV

Das Ehepaar Forlonetti war gemeinsam fast 200 Jahre alt, sie würden ihr am ehesten dabei helfen können, die Weisen zu entschlüsseln.

Also machte sich Erna auf und spazierte den Hügel hinunter, vorbei an der kleinen Markthalle bis zum silbernen Stadttor. Dahinter lag das Haus der Forlonettis. Es war zartgrün, ganz wie ein Tag im Frühling und der wilde Wein rankte sich an der Hausmauer entlang. Seine tiefrote Farbe kündigte den bevorstehenden Herbst an.

Erna klingelte. „Hallo?", rief eine tiefe Stimme. „Guten Tag! Ich bin's, Erna Lenni." Herr Forlonetti öffnete die Türe. „Guten Tag", sagte er und lächelte. „Lange nicht gesehen. Wie geht es Ihnen, Frau Lenni?" „Gut, danke. Ich hoffe, ich störe sie nicht, aber…"

Sie zog das Buch der alten Weisen aus ihrer Tasche. „..ich wollte sie etwas über den Baum des Lebens fragen." Herr Forlonetti legte die Stirn in Falten, er schien nicht ganz zu verstehen. Trotzdem bat er Erna Lenni ins Haus. Sie gingen nach hinten in den Garten, wo Frau Forlonetti im Liegestuhl las. „Liebling, wir haben Besuch", erklärte Herr Forlonetti. „Ach, Frau Lenni. Das ist eine Überraschung. Wir haben uns ja ewig nicht mehr gesehen."

Nachdem die üblichen Nettigkeiten ausgetauscht waren, erzählte Erna Lenni ihnen von ihrem Traum und dem Baum des Lebens. Die beiden sahen zuerst sie und dann einander ungläubig an.

„Aber das ist doch ein Märchen!", schmunzelte Herr Forlonetti. „Und was, wenn nicht? Was, wenn alles wahr ist?", entgegnete Erna. Er schüttelte den Kopf. „Ich hole uns Kekse, ihr könnt ja weiterreden", meinte er.

Als Herr Forlonetti im Haus verschwand, saßen sich die beiden eine Zeit lang still gegenüber. „Als ich klein war", sagte Frau Forlonetti schließlich, „erzählte mir meine Großmutter von einem Ausflug in den Neeburger Wald. Dort solle es Geister und Zwerge gegeben haben. Und die Bäume sprachen zu ihr. Manche ihrer Vorfahren sollen dort auf unerklärliche Weise Wunder erlebt haben. Aber heute glaubt niemand mehr an die alten Geschichten. Ich dachte auch, sie habe mir einfach ein Kindermärchen erzählt."

Mehr brauchte Erna Lenni nicht zu hören. „Danke, Frau Forlonetti. Ich weiß jetzt, wo ich hin muss." Erna verabschiedete sich und lief nach Hause. Sie packte ihren Rucksack, nahm das Buch mit den alten Weisen in die eine und eine Landkarte in die andere Hand und ging gegen Norden.

V

Sie kannte den Weg zum Wald. Zu Fuß würde sie ein paar Stunden brauchen. Das Neeburger Tal lag vor ihr und wies ihr stumm die Richtung zum Friedensberg.

Früher fuhr sie mit ihren Freundinnen mit den Fahrrädern hier entlang zum See und plantschte vergnügt bis zum Abendrot. Heute kam dort niemand mehr hin, da man sich nun im Freibad beim Wasserrutschen und Turmspringen vergnügte. Alles war nur einen Katzensprung entfernt und kaum jemand verschlug es mehr in die Gegend außerhalb der Stadt. Die Alten waren es müde geworden so lange unterwegs zu sein und die Jungen waren zu beschäftigt, um einen Blick in die Ferne zu werfen.

Die Felder lagen frisch gemäht in der Mittagssonne. Erna Lenni eilte vorbei und sah aus dem Augenwinkel, wie die Bauern die ersten Strohballen des Jahres pressten. Es war ein schweißtreibender Tag, aber Erna hatte eine Mission.

Vorbei am kleinen Mühlbach, ging sie die Ährensiedlung entlang und überquerte die Fährmannbrücke. Von dort aus konnte sie den Friedensberg erspähen. So wie heute war er ihr noch nie zuvor aufgefallen. Eingetaucht im blauen Licht, glänzte sein Gipfel ihr silbern entgegen. Es war ihr als rief er ihr zu, doch sie konnte nicht entschlüsseln was. Erna spürte eine geheimnisvolle Kraft von ihm ausgehen, die sie erfüllte und sie jegliches Gefühl für Raum und Zeit verlieren ließ. Ihre Beine schienen den Boden kaum noch zu berühren. So musste es sich anfühlen zu schweben. Mit jedem Schritt kam sie ihm näher, dem „Berg der Weisen". Beim Gedanken, was sie wohl dahinter finden würde, stockte ihr der Atem.

Am Fuße des Berges angekommen, bog Erna auf den Rundwanderweg ein, der sie zum See und schließlich auch zum Neeburger Wald führen würde. Hier waren sie früher gerne entlang geradelt und sangen die Lieder aus der Hitparade.

Was wohl aus den anderen geworden war? Erna Lenni war die einzige von ihnen, die geblieben war. Der Rest war in die größeren Städte gezogen, um dort ihr Glück zu probieren. Erna glaubte nicht, dass sie woanders glücklicher wäre. Ihr Haus, ihr Garten und die kleine Stadt boten ihr alles, was sie brauchte. Und obwohl sie spürte, dass die Leute sie belächelten und auch ächteten, so war man hier höflich zueinander und half den Nachbarn aus, wenn sie etwas brauchten. Das schätzte Erna, dieses Miteinander, auch, wenn es nicht immer leicht war für sie.

Sie wusste, dass die Menschen in der Kleinstadt es nicht böse meinten, sie waren einfach nicht darin geübt, nicht zu bewerten, was sie nicht verstanden. Wie so viele von uns. „Kein Wunder", dachte Erna oft. Wir kommen auf die Welt und schon werden wir bewertet. Wie groß, wie schwer, wie gesund wir sind. Still, pflegeleicht, quengelig oder Schreibaby. Dünn, dick, schlau, dumm, talentiert oder unbegabt, reich, arm.

Erna hatte nichts gegen Bewertungen. Sie konnten manchmal sicher hilfreich sein, aber oft trennten sie die Menschen auch voneinander und von sich selbst. Sie schränkten ein und machten die Leute eng in den Köpfen und Herzen.

VI

Erna roch es in der Luft. Der See war nicht mehr weit. Die Welt schien stehen geblieben zu sein, denn sie hörte keine Vögel singen und sah auch keine Zitronenfalter oder Libellen herumflattern. Nicht einmal ein Blatt wehte im Wind. Nur Erna bewegte sich in diesem stillen Raum, während der Rest in der Sommerhitze eingeschlafen war. In ihren Gedanken wiederholte sie die Weise.

(...)

Wirst du schwimmen

Im See der Unendlichkeit

Und querst du ihn endlich

So geh hin

Durch den Wald der Wahrheit

„Und querst du ihn..." Ja, wie sollte sie ihn eigentlich queren? Sie war ja, wie von der Tarantel gestochen, auf und davon. Aber einen wirklichen Plan hatte sie sich nicht ausgedacht. Den See zu Fuß umrunden würde bestimmt viele Stunden dauern. Außerdem besagte die Weise ihn zu „queren". Schwimmen könnte sie, aber sie war erschöpft von der Hitze und dem Gehen. Und sie würde auch pitschnass werden.

Als Erna schließlich am See ankam, beschloss sie ein wenig zu rasten und zu überlegen. Doch sobald sie sich am Ufer hingesetzt hatte, fiel auch Erna, gleich der Welt um sie herum, in einen tiefen Schlaf.

Sie stand inmitten des Neeburger Waldes. Wie war sie hier hergekommen? Sie schritt mutig voran, einen Fuß vor den anderen, als sie inmitten der Bäume eine Hütte ausmachte. Sie kam ihr merkwürdig vertraut vor. Als sie sich näherte, erkannte sie eine Menschengestalt, die am Feuer saß. Es war die Frau mit den lianengrünen Augen, der sie im Traum im Amazonas begegnet war. Wie war sie in den Neeburger Wald gekommen, der Kontinente entfernt von dort lag?

„Du bist bald da", sagte die Frau. Erna sah sie fragend an. „Quere den See und gehe im Wald immer deiner Nase nach." „Aber ich bin schon hier im Wald", meinte Erna. Die Frau schüttelte den Kopf und lächelte. „Hast du denn nicht begriffen, mich triffst du immer nur im Traum", erklärte sie. „Du schläfst und liegst noch am anderen Ufer." „Wie soll ich den See bloß queren? All meine Sachen würden nass werden und ich weiß gar nicht, ob ich so lang schwimmen kann." „Sorge dich nicht. Wenn du es glaubst, wirst du ihn queren können. Horche tief in dich hinein. Glaubst du daran?"

Erna setzte sich im Schneidersitz auf den weichen Waldboden. „Unmöglich", tönte ihr Verstand. „Gib auf! Kehr um! Das mit der Fliegerei ist es doch nicht wert, todkrank zu werden oder gar zu ertrinken. Außerdem bist du ganz allein. Wer sollte dir hier helfen?" Doch Erna horchte tief in sich hinien, so wie es ihr die Frau gesagt hatte. Ihr wurde in der Brust ganz warm. Das Gefühl breitete sich durch ihren ganzen Körper aus. Vom Scheitel bis zur Sohle konnte Erna ein Kribbeln und Kitzeln wahrnehmen. Schließlich sah sie in die lianengrünen Augen der Frau.

„Ja, ich glaube es!"

VII

Die Sonne brannte Erna im Gesicht. Sie blinzelte im viel zu hellen Licht und richtete sich auf. Sie war wieder am See. Sie sah sich um und konnte ihren Augen nicht trauen. Da stand ein verlassenes Boot am Ufer. Es war schon ein bisschen in die Jahre gekommen, aber bei näherem Hinsehen, würde es sie sicher über den See bringen können. „Danke", schrie sie freudig. „Danke, liebe Frau." Eigentlich wusste sie gar nichts über die Fremde. Beim nächsten Mal würde Erna sie fragen, woher sie gekommen sei und wie sie hieße. Dann könnte sie sich auch noch einmal persönlich bedanken.

Erna stieg ein und begann zu rudern. Der Schlaf hatte ihr neue Energie geschenkt und der See war ebenso still wie der Rest der Welt um sie herum. So war es ein Leichtes ans andere Ufer zu gelangen.

Erna zog das Boot an Land für den Fall der Fälle. Vielleicht würde sie es ja noch brauchen. Am Ufer döste eine Erdkröte vor sich hin und im Wasser ließ sich eine Fischotter-Mama mit ihrem Baby am Bauch treiben.

Erna stieg den Hang hinauf zum Neeburger Wald. Er war gesäumt von Rotbuchen und Sommerlinden. Weiter oben im Wald entdeckte Erna neben den Laubbäumen auch Tannen und Fichten. Sie ging immer der Nase nach, ganz so wie sie die Frau in ihrem Traum angewiesen hatte. Erna war ganz benommen vom Duft des Harzes und den ätherischen Ölen der Nadeln und wanderte leichtfüßig immer tiefer in das Herz des Waldes hinein. Wie würde sie ihn erkennen, den Baum des Lebens? Das hatte die Frau nicht gesagt.

(…)

So geh hin

durch den Wald der Wahrheit

Dort wirst du ihn finden

wenn du würdig bist

Im Glanze des Morgens

(…)

„Im Glanze des Morgens", besagte die Weise. Aber es war Abend, nicht Morgen. Sie würde also warten müssen. War sie vielleicht schon am Baum des Lebens vorbeigezogen und hatte ihm keinerlei Beachtung geschenkt? Doch sie erinnerte sich, sie konnte ihn gar nicht finden. Er würde sich ihr offenbaren.

(...)

Er wird sich dir offenbaren

Wenn du denn würdig bist

VIII

Aber vielleicht würde er sich auch am Morgen nicht zeigen. Was, wenn sie nicht würdig war?

Erna bekam es mit der Angst zu tun. Sie rang mit sich. „Kehr um! Es ist zu gefährlich hier im Wald alleine... so weit weg von zuhause", mahnte der Verstand.

Erna setzte sich auf den Waldboden, so wie sie es im Traum getan hatte. Sie horchte tief in sich hinein. Und sie spürte die Wärme wieder durch ihren Körper fließen. „Ich glaube, dass ich würdig bin und der Wald mich beschützen wird."

Erna beschloss auf den Morgen zu warten. Manchmal kamen Zweifel in ihr auf und einige Male war sie kurz davor nach Hause zurückzugehen, aber sie blieb.

Als die Dunkelheit anbrach, legte sich Erna in ein Bett aus Moos, dass sie sich vorbereitet hatte und versuchte zu schlafen. Es war das erste Mal, dass sie alleine in einem Wald übernachtete. Jedes Geräusch schien ihr fremd und gefährlich. Doch nach einiger Zeit merkte sie, dass es nur der Wind und die nachtaktiven Tiere waren, die sich herumtrieben. Irgendwann fühlte sich Erna sicher genug, um sich von der wachen Welt zu verabschieden und in den Schlaf zu gleiten.

Im Traum hörte sie immer wieder die Stimme der Frau. „Glaubst du, dass du würdig bist?" „Glaubst du es?"

„Wo bist du?", rief Erna verzweifelt. Es war so dunkel. Sie konnte nichts sehen.

„Glaubst du es?"

„Es zählt doch nicht, ob ich es glaube. Der Baum entscheidet doch, ob er sich mir zeigt...", schrie Erna ungeduldig.

„Glaubst du es?" Das Echo hallte in ihrem Kopf nach als sie aufschrak.

Das erste Licht des Tages fiel schüchtern durch die Baumkronen auf sie herab. Erna sammelte sich und fasste all ihren Mut zusammen. Sie war so weit gekommen, es war jetzt keine

Zeit zum Aufgeben.

Sie streifte das Laub von ihrer Kleidung ab, schnürte ihre Schuhe fest zu und ging weiter.

Sie würde sich von dieser Stimme leiten lassen, die sie beim Hineinhorchen wahrgenommen hatte. Die könnte sie wohl am ehesten zu ihm bringen, zum Baum des Lebens.

IX

Nach einer Weile kam Erna an eine Lichtung. Sie konnte kaum etwas sehen im gleißenden Licht des Morgens. Da stand er. Allein. Mitten auf der Lichtung. Getaucht in goldenes Licht, „im Glanz des Morgens". Er musste es sein.

„Ich habe auf dich gewartet", sagte er. Erna war ganz perplex. „Du kannst sprechen?" Der Baum brach in schallendes Gelächter aus, sodass alle seine Bewohner aus der Krone flohen. „Das überrascht dich. Hat denn nicht schon der Berg zu dir gesprochen? Und die Frau in deinen Träumen?" „Du kennst sie?", erkundigte sich Erna. „Wir alle wachen über die Quelle des Lebens", antwortete der Baum. „Die Quelle des Lebens?", stammelte Erna. Sie hatte noch nie davon gehört. „Wo ist die?"

Der Baum schwieg eine Weile. „Weißt du es denn wirklich nicht, Erna? Du hast sie doch immer bei dir." Er sprach in Rätseln. „Ich trage sie immer bei mir? Was meinst du, lieber Baum?" „Na, dein Herz, Erna, dein Herz. Es hat dich hier her zu mir geführt. Es ist der Grund, warum du mich überhaupt sehen kannst." „Können andere das nicht?", fragte Erna erstaunt. „Die Menschen sind kompliziert, liebe Erna. Ihr Herz macht sich auf alle möglichen Arten bemerkbar. Es schlägt, es rast, es hüpft, es tanzt, es flüstert, es schreit, und trotzdem entscheiden sich viele es zu ignorieren, ja, sogar entgegen der Wünsche ihres Herzens zu leben. Sie haben vergessen, wie es ist aus ganzem Herzen zu leben. Sie haben die Quelle ihrer Lebendigkeit zugeschüttet." Erna nickte traurig. Sie wusste, was er meinte. „Du aber", fuhr er fort, „hast auf dein Herz gehört und nun bist du bei mir. Was wünschst du dir denn?" „Ich möchte fliegen wie die Vögel", antwortete Erna. „So, so. Ein extravaganter Wunsch", murmelte der Baum. „Ich weiß. Ich habe selbst schon alles probiert und ich verstehe, wenn es zu schwierig ist, aber..." „Zu schwierig?", unterbrach er sie. „Ha, papperlapapp! Halt dir die Augen zu, liebe Erna."

Erna hielt die Hände vor ihr Gesicht. Das Licht des Baumes wurde heller, ja, geradezu blendend. Erna fühlte wie es um sie herum warm wurde. Sie war eingehüllt in goldenem Licht. Sie spürte so etwas wie ein kurzes Stechen auf ihrem Rücken und...

Erna hatte keinen Boden mehr unter den Füßen. Sie blickte auf den Baum des Lebens hinunter und lachte. Aus ihrem Rücken waren zwei riesige Flügel gewachsen.

„Danke, lieber Baum. Ich danke dir!"

„Erinnere die Menschen ihren Herzen zu folgen, damit die Quelle des Lebens nicht versiegt."

Erna nickte und winkte dem Baum zu. Sie breitete ihre Flügel aus und flog gen Westen. Es war die beste Zeit für Sansibar.

Gedichte

Die Weber

Wir weben unser Glück mit den feinsten Fäden, weben wir. In Sonngengelb und Rosarot. In Himmelblau, in Gold, in Silber. Taubengrau. Wir weben alle unsre Fäden und am Ende dieser Weberei bist du der letzte Faden — federleicht und schwer wie Blei.

Schlafpulver (Ein Rätsel)

Du fällst hernieder auf die Erde. Machst, dass alles schläft und ruht. Kein Mucks, kein Mäuschen, keine Herden. Sogar der dicke Kater Karlo kringelt sich zusammen und ist wie alles... mucksmäuschenstill.

Hast du erraten, wer oder was hier gemeint ist? Schreib es auf die Punkte. Zeichne ein Bild von Kater Karlo, wenn du magst ;)

. . . . . .

SchaF

Schafe fressen sich satt am Grün. Sattes Grün. Nummerierte Schafe. Alle fressen sie. Morgens, mittags, abends. Und wenn sie erwachen am Morgen, satter als je zuvor, fressen sie weiter. Fressen, fressen, fressen. Und am nächsten Morgen erwachen grüne Schafe. Nur eines ist schwarz, denn es aß kein Gras. So ein SchaF!

Zeichne ein Schaf in deiner Lieblingsfarbe.

Verbunden-Sein?

24/7: Erreichbar. 24/7: Auf dem Konzert. Hast du das Video gesehen? Hier mit Anna B. einen Bio-Burger gegessen. 24/7: Fitness-Studio, stoppen, grinden. Hdl. Glg. 24/7: Kino, Drinks, Selfie. 24/7: gute Laune. 24/7.

„Der gewünschte Teilnehmer ist vorübergehend nicht erreichbar."

Wie wäre es, wenn du dich mit deinen liebsten Menschen wieder einmal verbindest. So richtig, ohne Handy, TV und Co.? Einfach am See plantschen oder im Wald den Blättern lauschen und schöne Gespräche führen. So in echt, von Angesicht zu Angesicht? Mach dir so ein Treffen aus. Jetzt.

Sonnenregen

Die Sonne regnet. Sie regnet sich aus. Macht sich Luft, macht keinen Laut. Die Sonne tropft auf Hosenbeine. Trocknet ein eingelaufnes Herz auf der Wäscheleine.

Bastle ein Herz aus Karton und hänge es auf die Wäscheleine :)

Die dunkle Seite des Mondes

„Du bist ein Baum", sagte sie, an dem Tag als ich sie zum ersten Mal wirklich sah. Sie sagte es mit so einer Bestimmtheit, dass ich auch selbst daran glauben wollte und all die Stimmen dieser Menschen, die sich so gern „Erwachsene" nennen, ausblenden wollte. Ich wollte wachsen bis zum Mond — zur hellen und zur dunklen Seite, um dort mit den Sternen den großen Gig im Himmel zu hören.

Hast du schon mal „The Great Gig in the Sky" von Pink Floyd gehört? Am besten hörst du es auf großen Boxen oder mit Kopfhörern. Verlier dich im Sound und mach, was dein Körper machen möchte.

Isabella Bravo

Hallo, du schöne Seele, ich bin Isabella. Ich bin Songwriterin und Geschichtenerzählerin. Ich stelle mir gerne vor, wie es in anderer Leute Leben wohl aussieht. Wie andere Länder und Städte duften. Wie der Mond in den Himmel kommt. Das, was also viele Menschen vor mir schon getan haben. Das ist im Allgemeinen nichts Besonderes, aber für mich ist es meine größte Freude. Ich freue mich, wenn du mit mir auf die Reise gehst und die versteckten Geschichten mit mir entdeckst. Foto: Debra Tchotchov

Isabella Bravo schreibt auf
www.story.one

Faszination Buch neu erfunden

Viele Menschen hegen den geheimen Wunsch, einmal ihr eigenes Buch zu veröffentlichen. Bisher konnten sich nur wenige Auserwählte diesen Traum erfüllen. Gerade mal 1 Million Autoren gibt es heute – das sind nur 0,0013% der Weltbevölkerung.

Wie publiziert man ein eigenes story.one Buch? Alles, was benötigt wird, ist ein (kostenloser) Account auf story.one. Ein Buch besteht aus zumindest 12 Geschichten, die auf story.one veröffentlicht und dann mit wenigen Clicks angeordnet werden. Und durch eine individuelle ISBN kann jedes Buch dann weltweit bestellt werden.

Jede lange Reise beginnt mit dem ersten Schritt – und dein Buch mit einer ersten Story.

Wo aus Geschichten Bücher werden.

#storyone #livetotell